AF263336

TABLEAUX

MODERNES

COLLECTION DE M. E. S...

1855

LE CATALOGUE SE DISTRIBUE

A Paris......... Chez MM. A. Goupteaux, passage des Panoramas
galerie Montmartre, 27.
A Bruxelles... Greuzet.
A Rotterdam... A. Lamme.
A La Haye..... Enthoven.
A Amsterdam.. G. Devries J^{or}.
G. J. Schouten.
A Londres...... Henry Mouford.

IMPRIMERIE ET LITHOG. MAULDE ET RENOU, r. de Rivoli, 144.

TABLEAUX

MODERNES

Composant la Collection de M. E.-S....

DONT LA VENTE AURA LIEU

Le Lundi 22 Janvier 1855, à deux heures,

HOTEL DES COMMISSAIRES-PRISEURS

RUE DROUOT, N. 5

Salle n° 3, dite des Séances, au 1er,

Par le ministère de Me POUCHET, Commissaire-Priseur,
rue Saint-Honoré, 335,

SOUS LA DIRECTION

DE M. **RIDEL** ET DE M. **A. COUTEAUX.**

EXPOSITION PUBLIQUE,
Le Dimanche 21 Janvier 1855, de midi à cinq heures.

PARIS

MAULDE & RENOU

IMPRIMEURS DE LA COMPAGNIE DES COMMISSAIRES-PRISEURS,
rue de Rivoli, 144.

MDCCCLV

CONDITIONS DE LA VENTE

Elle sera faite au comptant.

Les acquéreurs paieront, en sus des adjudications, cinq centimes par franc, applicables aux frais.

TABLEAUX

BARON.

1 — La Surprise.

H. 30 c. L. 22 c.

BARON.

2 — Un Repaire.

H. 42 c. L. 28 c.

BARON.

3 — Les Vendanges.

H. 38 c. L. 27 c.

BELLY (LOUIS).

4 — Près de Chailly, paysage.

H. 44 c. L. 31 c.

BOUDIN.

5 — Marine.

H. 27 c. L. 35 c.

CABAT (LOUIS).

6 — Vue de Venise.

H. 34 c. L. 73 c.

CHAPLIN.

7 — Liseuse.

Ovale.— H. 18 c. L. 26 c.

COULON.

8 — Joueur de basse.

H. 26 c. L. 22 c.

COUTURE (T.).

9 — Tête de jeune fille.

H. 40 c. L. 37 c.

COROT.

10 — Paysage.

H. 44 c. L. 61 c.

DAUBIGNY.

11 — Paysage.

H. 21 c. L. 33 c.

DECAMPS.

12 — Vieux pâtre, soleil couchant.

H. 21 c. L. 20 c.

DECAMPS.

13 — Remouleur.

H. 24 c. L. 19 c.

DECAMPS.

14 — Un Suicide.

H. 40 c. L. 30 c.

DECAMPS.

15 — Intérieur de cour. — Dessin.

H. 13 c. L. 20 c.

DELACROIX (EUGÈNE).

16 — Tigre.

H. 24 c. L. 39 c.

DELACROIX (EUGÈNE).

17 — Ariane.

H. 36 c. L. 27 c.

DELACROIX (EUGÈNE).

18 — Mise au tombeau.

H. 30 c. L. 38 c.

DE VOS.

19 — Protection.

H. 47 c. L. 59 c.

DIAZ.

20 — Soleil couchant.

H. 00 c. L. 00 c.

DIAZ.

21 — L'Anneau.

H. 31 c. L. 23 c.

DIAZ.

22 — Intérieur de forêt.

H. 37 c. L. 48 c.

DIAZ.

23 — La Mort de l'Amour.

H. 51 c. L. 41 c.

— 9 —

DIAZ.

24 — Troncs d'arbres.

H. 32 c. L. 21 c.

DIAZ.

25 — Soleil couchant.

H. 37 c. L. 35 c.

DIAZ.

26 — Baigneuse vue de dos.

H. 00 c. L. 00 c.

FAUVELET.

27 — Le Jardin.

Cintré. — H. 19 c. L. 13 c.

FROMENTIN.

28 — Environs d'El-Aghouat.

H. 82 c. L. 96 c.

GÉRICAULT.

29 — Sapho.

H. 41 c. L. 30 c.

GUDIN.

30 — Abordage.

H. 63 c. L. 96 c.

HERVIER.

31 — Quai de Rouen.

H. 86 c. L. 21 c.

JONGKIND.

32 — Souvenir du Havre, clair de lune.

H. 53 c. L. 80 c.

JONGKIND.

33 — Vue du pont ....

H. 21 c. L. 34 c.

JONGKIND.

34 — Quai Dorçay.

H. 20 c. L. 36 c.

JACQUE (CH.).

35 — Poules.

H. 15 c. L. 27 c.

L'ENFANT DE METZ.

36 — Petite fille jouant avec un chat.

H. 22 c. L. 16 c.

MARILHAT.

37 — Alexandrie, tombeau du pacha d'Égypte.

H. 27 c. L. 14 c.

MEISSONIER.

38 — Les Fumeurs.

H. 20 c. L. 24 c.

ROQUEPLAN (CAMILLE).

39 — Fileuse béarnaise. — Intérieur.

H. 55 c. L. 42 c.

ROUSSEAU (THÉODORE).

40 — Effet du matin.

H. 34 c. L. 53 c.

ROUSSEAU (THÉODORE).

41 — Le Crépuscule.

H. 32 c. L. 21 c.

SMITS (EUGÈNE).

42 — Tête de jeune femme.

H. 00 c. L. 00 c.

STEVENS (ALFRED).

43 — Partie de musique.

H. 63 c. L. 54 c.

TASSAERT (OCTAVE).

44 — Sainte-Famille.

H. 32 c. L. 24 c.

TROYON (C.).

45 — Poules.

H. 27 c. L. 18 c.

TROYON (C.).

46 — Paysage.

H. 28 c. L. 22 c.

TROYON (C.).

47 — Paysage.

H. 26 c. L. 19 c.

TROYON (c.).

48 — Les Moulins.

H. 25 c. L. 32 c.

TROYON (c.).

49 — Paysage et animaux.

H. 81 c. L. 1 m. 10 c.

TROYON (c.).

50 — Paysage et animaux.

H. 48 c. L. 60 c.

TROYON (c.).

51 — Paysage.

Dessin.

VAN HOVE.

52 — Intérieur.

VERLAT.

53 — Tigre attaquant un buffle.

H. 32 c. L. 70 c.

ZIEM.

54 — Le Jardin français à Venise.

H. 52 c. L. 73 c.

ZIEM.

55 — Barques de l'Adriatique.

H. 42 c. L. 00 c. environ

ZIEM.

56 — Groupe de fleurs.

Ovale.— H. 73 c. L. 50 c.

MAPLOE et RENOU, Imprimeurs de la Compagnie des Commissaires-Priseurs, rue de Rivoli, 141.

www.ingramcontent.com/pod-product-compliance
Lightning Source LLC
Chambersburg PA
CBHW050717070726
47597CB00009B/3672